La caverne de l'ours sacré

À Jean-Marie Chauvet,
Christian Hillaire
et Éliette Brunel-Deschamps
qui ont découvert
la grotte de la Combe d'Arc.

Aux enfants ardéchois d'hier et d'aujourd'hui.

ISSN : 1281 6698 – ISBN : 978 2 246 57151 3

Loi N° 49-956 du 16 juillet 1949
sur les publications destinées à la jeunesse.

La caverne de l'ours sacré

Anne-Marie Desplat-Duc

Illustrations de Jean-Philippe Chabot

Grasset-Jeunesse

Chapitre 1

— Oursdodu ! Dépêche-toi, ton père t'attend à la clairière de la Pierre-Penchée ! Et ne traîne pas en chemin ! Hier, tu es arrivé alors que les autres avaient presque terminé leur javelot.

— Je sais, maman, mais…

— Il n'y a pas de mais. Tu dois apprendre comme tous les garçons de dix ans à tailler le silex et à confectionner des armes et des outils.

— Je sais, mais…

— Et que je ne te voie plus avec ce vieux fou de Piquasso qui ne pense qu'à te détourner de ton travail.

— Piquasso n'est pas fou ! s'insurge Oursdodu.

— Assez discuté. Je veux qu'aujourd'hui tu me ramènes une flèche parfaite.

Oursdodu sort de la hutte tête basse.

— Ho ! Ho ! Oursdodu ! Attends-moi ! crie Maoula en courant derrière son ami.

— Tu n'es pas avec les filles pour apprendre à tanner et à coudre les peaux ?

— Euh… Si… je suis sortie pour prendre l'air… juste comme tu passais. Tu es en retard… Grospoilu, Fierabras et ton ami Petitcheval y sont depuis longtemps.

— Je m'en moque. Je ne serai jamais un chasseur.

— Tous les hommes sont des chasseurs !

— Pas moi.

— Et comment nourriras-tu ta famille ?

— J'en sais rien… Peut-être, je n'aurai pas de famille…

— Tu ne veux pas avoir une femme et des enfants ?

— J'aimerais bien… mais ce ne sera pas possible.

— Tu es bien mystérieux, Oursdodu.

— Pour l'instant, je ne peux dévoiler mon idée à personne.

— Même à moi ? interroge Maoula en lui faisant les yeux doux pour l'attendrir.

— Heu… Toi, c'est pas pareil, tu es mon amie, mais…
— Oursdodu ! Queue de rhinocéros ! Tu n'es pas encore à la clairière ! File vite ! lui ordonne sa mère sortie de la hutte pour étendre des peaux au soleil.

Chapitre 2

— Je t'ai attendu un bon moment sous le grand pin, et puis j'ai couru pour ne pas me faire attraper par ton père. Un de ces jours, ça finira mal pour toi, murmure Petitcheval à l'oreille de son ami.

— Tant pis ! Tailler la pierre me casse les pieds !

— Oursdodu ! Non content d'être en retard, tu bavardes ! s'impatiente son père, chef de la tribu.

Oursdodu baisse la tête et marmonne entre ses dents : « Crotte de mammouth ! »

— Tu as vu la forme de ta lance ? L'extrémité en est si arrondie qu'elle ne tuera jamais aucun animal !

Les copains ricanent. Ils ne sont pas mécontents que le fils du chef soit nul. Si Oursdodu ne réussit pas son examen de passage à l'âge de raison dans deux mois, un autre pourra espérer devenir chef à sa place. Oursdodu et son père le savent, et cette situation désespère Oursnoir.

— Fais un effort ! Ce n'est pas si difficile. Prends exemple sur Petitcheval. Tu tiens le morceau de silex dans la main gauche et avec la pièce en bois de buis, tu frappes régulièrement.

— Tu veux que je t'aide ? lui demande discrètement Petitcheval.

— Non, je dois y arriver tout seul.

Oursdodu s'acharne, il tire la langue et de ses mains malhabiles naît une pointe de lance.

— Bravo, Oursdodu ! Je ne pense pas qu'elle parvienne à percer la peau épaisse d'un mégacéros, mais pour un écureuil, elle fera l'affaire !

La classe s'esclaffe à nouveau.

— Inutile de rire ! Oursdodu n'a sans doute pas la force et l'adresse de beaucoup d'entre vous, mais il a la ténacité, la volonté de bien faire et rêver n'est pas un grave défaut. Je vous accorde quelques minutes de pause. Ne vous éloignez pas et revenez prendre vos places dès que je frapperai dans les mains.

Les cinq garçons quittent le cercle où assis sur des pierres plates ils écoutaient les leçons du chef.
— Si on jouait à la chasse aux bisons ? propose Grospoilu, Oursdodu fera le bison.
— Pourquoi, toujours moi ?
— Parce que tu ne veux jamais être dans l'équipe des chasseurs, pardi ! s'exclame Fierabras.
— Je n'aime pas les jeux violents. Je préfère me promener.
— Une véritable fille ! Il déteste la chasse et ne pense qu'à rêver ou se balader ! se moque Asdetrèfle.

Oursdodu hausse les épaules. Même Petitcheval ne connaît pas sa véritable passion. Il a peur, en la lui révélant, de perdre son seul ami. Il hâte le pas. Il n'a pas beaucoup de temps, mais il ne peut résister. Il a besoin de voir Piquasso.

Il court, emprunte un étroit sentier à flanc de falaise et pénètre en trombe dans une grotte éclairée par une torche tenue à bout de bras par un jeune garçon.

— Salut, Cascou ! Bonjour, Piquasso !

— Salut, Oursdodu ! Ce n'est pas ton jour pour tenir la torche, mais si tu veux me remplacer, j'ai une crampe dans le bras et une envie urgente, dit Cascou.

— Avec plaisir ! Prends ton temps !

Oursdodu saisit la torche et la promène sur la paroi rocheuse. Un groupe de lionnes au regard avide se rue sur un troupeau de bisons. La torche tremble un peu dans la main d'Oursdodu. Les animaux semblent vivants, prêts à rugir, à bondir, à tuer.

— Maître… c'est magnifique… murmure-t-il la voix enrouée par l'émotion.

— Oui, je ne suis pas mécontent. Approche un peu la lumière que je termine leurs yeux. Le regard, c'est très important, c'est lui qui donne la vie. Jusqu'à présent, personne n'a vraiment bien réussi la profondeur des regards… Je suis le premier.

— Vous… vous m'apprendrez ?

— Impossible, Oursdodu ! Ton rôle est d'être chef de la tribu, et non peintre.

— Être chef ne m'intéresse pas. Je veux peindre, comme vous.

— Ce n'est pas possible. Si je te détournais de ton devoir, ton père me chasserait et je serais condamné à errer seul sur la steppe et à mourir de froid en hiver. Un sort qui ne me tente pas.

— Je pourrais apprendre en cachette… en me portant volontaire souvent pour tenir la torche… en venant vous aider à écraser les pierres, le charbon de bois et les végétaux qui vous servent de pigments…

— Ne dis pas de bêtises, Oursdodu. Tu es fils de chef, tu seras chef, un point c'est tout.

— N…O…N ! hurle Oursdodu en lâchant la torche et en se précipitant hors de la grotte.

Chapitre 3

Lorsque Oursdodu arriva dans la clairière où son père instruisait les jeunes garçons de la tribu, il n'y avait plus personne. Il rentra chez lui. Oursnoir, furieux, l'attendait devant la hutte :

— Privé de sorties pour toute la semaine !

— Oh, non, père, pas cette semaine… C'est mon tour d'éclairer la grotte de Piquasso et il manque de volontaires.

— Je les comprends. Ça n'a rien d'amusant de tenir une torche à bout de bras pendant que ce fou de Piquasso gribouille sur les roches.

— Piquasso n'est pas fou… c'est… un artiste !

— Je n'ai que faire de cette sorte de personnage incapable de tuer un animal à la chasse, mais qui mange chez les uns et les autres et barbouille à longueur de journée.

— Il ne gribouille pas ! Il ne barbouille pas ! Il peint de beaux animaux !

— Je t'interdis de me parler sur ce ton ! Piquasso a beaucoup de chance que nous acceptions de le nourrir en échange de ses dessins. Il assure qu'il attire ainsi la bienveillance des dieux sur notre tribu, mais je me demande si cet art étrange n'attire pas plutôt la malédiction. À vouloir reproduire les animaux qui nous entourent la nature se venge. Lors de la dernière chasse, Petitcrapaud a été piétiné par la charge de quatre rhinocéros... Il y a

longtemps que nous n'en avions vu… Ils sont rares en cette saison…
— Quatre rhinocéros ?… comme ceux dessinés par Piquasso ?
— Oui. Comme ceux dessinés par Piquasso quelques jours avant le drame.
— Piquasso n'est pour rien dans la mort de Petitcrapaud ! affirme Oursdodu avec véhémence.

Soudain, un doute l'envahit. Et si Piquasso était aussi un peu sorcier ? S'il avait voulu se débarrasser de Petitcrapaud dont les seules occupations étaient la calomnie et la médisance ?
— En tout cas, cette punition arrive à point pour te dispenser de la corvée de torche. Tu en profiteras pour aider ta mère à couper du bois, à entretenir le feu, à aller chercher l'eau et à coudre des outres.
— C'est bon pour les filles ! se plaint Oursdodu.
— Puisque la fabrication des armes et la chasse ne t'intéressent pas, essaie au moins de te rendre utile !

Oursdodu se renfrogne dans un coin de la hutte. Personne ne le comprend. Il est le plus malheureux des *homo sapiens sapiens* du monde.

Chapitre 4

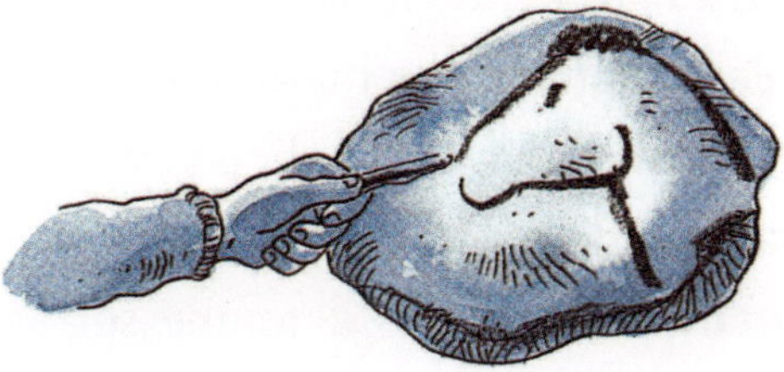

Toute la semaine, il aide sa mère dans la hutte, entretient le feu, coud des outres en peau de renne, surveille ses frères et sœurs pendant que sa mère va cueillir quelques herbes et graminées pour la soupe. Dès qu'elle a le dos tourné, il sort un tison du feu et s'exerce à dessiner des animaux sur les pierres plates qui servent de sièges. C'est tout aussi difficile que de réussir une belle pointe pour une lance, mais bien plus passionnant et surtout beaucoup plus beau. Il aimerait, comme Piquasso, peindre sur les parois d'une grotte, mais c'est un rêve qu'il doit oublier. Sa mère le surprend un tison à la main en train de tracer des traits sur la pierre. Le feu meurt dans le foyer :

— Oursdodu ! Le feu ! Le feu s'éteint à un pas de toi et tu ne bouges pas ! Tu veux donc notre mort à tous ! Et que fais-tu au lieu de le surveiller ? Tu noircis les pierres ! Pas étonnant que ma tunique soit toujours sale. Allez, pose ce morceau de bois et va te promener, le grand air te rendra peut-être la raison !

En sortant de la hutte, il tombe sur Maoula et ses amies qui reviennent de leur cours de couture. Aussitôt quelques fillettes se moquent de Oursdodu :

— Ah, le voilà, le fameux chasseur ! Il ne réussit même pas à faire une sagaie correcte !

— Il ne sera jamais chef.

— Tant mieux, mon frère est fort et courageux, il deviendra le nouveau chef et moi, je serai la sœur du chef !
— Mon frère aussi est courageux, ce sera peut-être lui le chef.
— Ou Fierabras ! Et comme il m'aime bien, nous nous marierons et je serai la femme du chef !
— Silence ! crie Maoula, Oursdodu a d'autres qualités et d'ici la cérémonie d'initiation, il a le temps de devenir un parfait chasseur.

Oursdodu ne répond pas. Maoula le tire par le bras et tandis que les autres fillettes poursuivent leur chemin, elle reprend :
— Hein, que tu vas devenir un grand chasseur ?
— Je crois pas… j'aime pas tuer les animaux… je préfère les… les dessiner…
— Les dessins, on ne peut pas les manger pour vivre ! s'impatiente Maoula.
— Je sais… C'est pour cette raison que je ne veux pas avoir de famille.
— Si je comprends bien, tu préfères tes peintures à… moi ?

— Je ne préfère ni l'un ni l'autre… Les peintures et toi sont les deux seules choses qui m'intéressent.
— C'est gentil, ce que tu me dis. Ainsi, ton secret, c'est… la peinture.
— Tu as deviné, mais je ne pourrai jamais devenir peintre puisque mon père veut que je sois chasseur.
— Ton père n'a pas tort. Un jour, tu devras choisir entre la peinture et moi. Ma mère ne voudra pas que j'épouse un barbouilleur de parois. Toutes les filles rêvent d'avoir auprès d'elles le chasseur le plus courageux.
— Je ne serai jamais un bon chasseur. Il vaut mieux que tu cherches un autre mari.
— Et tu oses me dire ça ! Fais un effort, ça ne doit pas être si difficile de tuer un animal, tous les autres le font !

Chapitre 5

— Aujourd'hui, vous allez participer à votre première chasse au renne. Souvenez-vous bien de tout ce que je vous ai appris. Grospoilu, Fierabras et Asdetrèfle, vous ferez les rabatteurs, Cascou, Oursdodu et Petitcheval, prenez vos sagaies, vous serez chargés de tuer l'animal, annonce Oursnoir.

Fierabras est furieux. Le rôle de rabatteur ne lui plaît pas, il se sent l'âme d'un véritable chasseur. En passant à côté d'Oursdodu, il le bouscule et siffle méchamment :

— Je parie que tu le rateras, tu es plus maladroit qu'un nouveau-né.

— Si tu veux ma place, je te la donne volontiers.

Mais Oursnoir avait prévu la réaction de son fils :

— Les postes que j'ai attribués sont définitifs. Personne n'a le droit d'en changer. La semaine prochaine, nous inverserons.

-- Ah ! on voit bien que tu es le fils du chef ! marmonne Grospoilu.

Oursdodu se passerait de ce favoritisme. Il préférerait cent fois être rabatteur. Il ne pourra pas tuer un renne. Il le sait. Il les aime trop. Déjà, il répugne à les manger et ne le fait que pour plaire à sa mère et éviter d'être grondé par son père.

Un troupeau a été signalé vers l'ouest. Le groupe se met en marche. Oursnoir en tête, suivi des plus acharnés qui avancent à grandes enjambées tout en discutant. Oursdodu est le dernier. Il admire le vol d'un oiseau, s'arrête pour sentir une fleur ou observer la forme étrange d'un nuage dans le ciel. Son père le rappelle à l'ordre plusieurs fois. Il accélère le pas sous les rires et les moqueries des autres :

— À plonger ton nez dans les fleurs, tu espères peut-être reproduire un jour leur parfum ?

— Pas la peine d'envier les oiseaux ! Tu ne voleras jamais !

— Quel rêveur cet Oursdodu !
— Silence ! Regardez, là-bas, les rennes ! annonce Oursnoir.

Un troupeau broute l'herbe rase de la steppe.
— Que les rabatteurs les contournent en avançant contre le vent. Choisissez une bête détachée du troupeau et partez à sa poursuite en la dirigeant vers nous. Oursdodu, Cascou et Petitcheval, tenez-vous prêts !

Oursdodu ne peut détacher son regard du magnifique spectacle. Oh, bien sûr, il a déjà vu plusieurs fois des rennes, des bisons, des chevaux ou des mégacéros, mais chaque fois il s'est extasié sur leur beauté. Il voudrait pouvoir fixer leur image pour la contempler pendant l'hiver quand la neige et la glace recouvrent tout et qu'il faut vivre terrés dans des grottes. Soudain, affolés par les cris des rabatteurs, les rennes détalent. Oursdodu suit des yeux leur course désordonnée. Un animal est isolé du troupeau. C'est un mâle superbe aux bois impressionnants. Il fonce vers eux. Cascou glisse sa sagaie dans son propulseur, bien campé sur ses jambes fléchies, il est prêt. Petitcheval s'est approché de son ami. Bouche bée, Oursdodu admire l'animal.

— Oursdodu ! hurle son père, il est pour toi !

Oursdodu sort de sa rêverie, tient fermement la sagaie dans son poing serré, lève le bras…

— Lance ! lance ! hurle encore son père.

Mais l'animal est déjà passé.

— Tu l'as raté ! Il était à un pas de toi ! Tu n'es bon à rien !

— Il… Il était si beau…

— Il aurait surtout été bon à manger et sa peau aurait fait une superbe tunique, ajoute Cascou.

— J'ai pas pu lancer à ta place, je risquais de te blesser, tu étais si près du renne, s'excuse Petitcheval.

— Aucune importance, lui répond Oursdodu.

Les rabatteurs arrivent, essoufflés et confiants :

— Vous l'avez eu ?

— Non. Oursdodu n'a même pas lancé ! commente Cascou.

— Mais il était sur vous ! Comment avez-vous pu le rater ! s'énerve Fierabras.

— Oursdodu n'a pas bougé d'un poil et au lieu de crier pour qu'il bifurque vers moi, il est resté muet comme un saumon et le renne a continué tout droit !

— Cessez de vous disputer, Oursdodu a manqué son premier renne, il se rattrapera la prochaine fois ! assure Oursnoir.
— Tu parles, grommelle Grospoilu, il est incapable de tuer une mouche !

Chapitre 6

Le lendemain matin, Oursdodu est levé avant le jour. Il emprunte une torche, prend un tison dans le feu qui couve entre les pierres du foyer et se faufile hors de la hutte où toute la famille dort sur des lits de peau et d'herbe sèche. Il n'a pas fermé l'œil de la nuit tant son projet tourbillonnait dans sa tête. Il s'éloigne du campement en direction de la grotte de la Combe d'Arc.

La grotte où Piquasso peint ses chefs-d'œuvre. Il allume sa torche, tant pour se diriger que pour éloigner d'éventuelles bêtes fauves. Il n'a aucune envie de se trouver nez à nez avec un ours, une panthère, un rhinocéros ou une hyène, d'autant qu'il est sorti sans arme. De toute façon, il ne sait pas s'en servir.

Arrivé dans la grotte, il coince sa torche dans une anfractuosité du rocher, choisit un emplacement libre sur la paroi, pousse une pierre pour se surélever, saisit un morceau de charbon de bois abandonné par Piquasso et commence à dessiner le renne qui l'a frôlé. Il se souvient parfaitement de la forme de sa ramure, de son nez effilé qui humait l'air, de son cou tendu dans la course, de ses pattes agiles, de son corps musclé. Il dessine sans effort. L'image qu'il a de l'animal se transmet à l'extrémité de ses doigts et se trace sur la roche comme si elle s'y imprimait. Emporté par le plaisir que lui procure son art, il peint le troupeau, et comme il n'a pas assez de place, les animaux se superposent. Qu'importe ! Il dessine longtemps. Soudain, une voix le fait sursauter :

— Tu es vraiment doué, Oursdodu !

— Oh ! Piquasso ! Je… ne m'en veuillez pas… j'avais tellement envie de peindre… Je m'en vais tout de suite…

— Non, reste. Tu es un véritable artiste, il serait dommage de ne pas cultiver ce don.

— Mon père me l'interdit. Je dois devenir chef.

— Oui, oui, je sais… Mais avec l'aide des esprits… tout peut changer.

Brusquement, Oursdodu pense à Petitcrapaud… Et si Piquasso lui tendait un piège en l'amadouant par de belles paroles ? Méprisé par Oursnoir, il veut peut-être se venger en ordonnant aux esprits de lui faire du mal ? Il n'est pas très rassuré et a soudain envie de sortir de la grotte. Tous ces animaux dessinés sur la paroi l'effrayent.

— Tiens, viens par ici, reprend Piquasso, trempe ta main dans cette peinture ocre que j'avais préparée hier soir et applique-la sur la paroi. Ne tremble pas. Voilà, ainsi les esprits connaîtront la personne à protéger et à aider. Maintenant, sauve-toi vite, si tu es encore en retard pour ta leçon, ton père te grondera. Inutile de le mettre dans de mauvaises dispositions.

Dès que Oursdodu quitte la grotte, Piquasso se met à genoux et s'absorbe dans une sorte de méditation. Il semble communiquer avec des forces occultes. Tantôt il est agité de soubresauts, tantôt il paraît changé en statue. Enfin, rasséréné, il se lève, écrase au pilon une terre ocre dans un caillou creux, la mêle à de la graisse de renne fondue et peint un ours gigantesque.

Chapitre 7

— Oursdodu ! Oursdodu ! chuchote une voix dans la nuit.

— Hein ? Quoi ? Qui est là ?

— Chut ! c'est moi, Maoula, viens, j'ai quelque chose pour toi !

Oursdodu s'enroule dans une fourrure, enjambe son frère endormi et se glisse hors de la hutte.

— Dans quelques heures débutera la grande chasse d'initiation… Je t'ai apporté ce collier confectionné avec les dents des animaux les plus féroces. Il appartenait à mon arrière-grand-père.

— Le… le sorcier ? interroge Oursdodu impressionné.

— Oui. Enfin, c'est ce que les gens disaient de lui. Il savait parler aux animaux, aux plantes, aux esprits.

Ce collier lui venait déjà de ses ancêtres. Il appartenait à mon père, mort voici cinq ans pendant la longue transhumance vers le sud. Je suis heureuse de te l'offrir. Il te protégera et te donnera la force.

Oursdodu prend le collier et le passe à son cou :

— Merci, Maoula, j'aurai bien besoin de sa protection.

— Et puis, ce n'est pas tout, je t'accompagnerai. Je marcherai derrière toi en me cachant et je t'aiderai.

— Ce n'est pas la coutume, les filles ne viennent jamais à la chasse. Si les autres l'apprenaient, ce serait terrible !

— Ce sera un secret entre nous.

— Maoula... tu prends un risque énorme... tu es vraiment formidable !

— Il serait temps que tu t'en rendes compte ! Tu verras qu'avec mon aide et celle du collier, tu le tueras ton premier animal ! Pas la peine d'espérer toucher un mammouth ou même un renne, une perdrix suffira. L'essentiel est de ne pas revenir les mains vides pour obtenir le titre de chasseur. Ainsi nous pourrons nous marier plus tard. À tout à l'heure !

Oursdodu regagne sa couche, mais il n'a plus sommeil, et il se lève d'un bond lorsque son père vient le chercher.

— Courage, mon fils. Aujourd'hui est un grand jour. Tu dois me faire honneur. Oublie, pour une fois, ton goût pour la peinture et ne pense qu'à une chose : tuer l'animal qui se présentera devant toi.

Tout le monde s'est rassemblé devant les huttes pour fêter le départ des apprentis chasseurs. Les six garçons qui viennent d'atteindre leur dixième année sont graves et recueillis. Le plus ancien de la tribu leur peint sur le visage des signes rituels. Un autre leur fait endosser une veste de peau ornée d'os et de fourrure.

Leurs armes sont regroupées en faisceau au centre de la place et tous les chasseurs de la tribu dansent autour en entonnant les chants qui attirent la faveur des esprits sur les novices. Enfin, chaque garçon reçoit des mains de son père sa sagaie et son couteau avec les recommandations d'usage. Pour eux, le moment est venu de faire leurs preuves : revenir victorieux avec la dépouille d'un animal, ou ne pas revenir du tout plutôt que de rentrer bredouille, couvert de honte.

Oursnoir est anxieux. Il craint tellement que son fils ne réussisse pas sa mission. Quelle humiliation ce serait !

— Serrez-vous la main. Celui qui ramènera la plus grosse prise sera digne de me succéder plus tard ! annonce Oursnoir en affermissant sa voix.

Ils se séparent et chacun part de son côté :

— Hé ! Oursdodu ! À défaut d'un renne, tâche au moins d'attraper un escargot ! se moque Fierabras.

Oursdodu hausse les épaules, mais Fierabras a raison, c'est bien tout ce qu'il est capable de capturer. Il s'éloigne dans la steppe à l'herbe rase et se dirige vers un bois de pins pour y cacher sa peine.

— Oursdodu, si tu veux, je peux t'aider à tuer un renne… un gros… ainsi tu deviendras chef et tu me nommeras conseiller, lui propose Petitcheval qui l'a suivi.

— T'es trognon, Petitcheval, mais je ne veux pas devoir ma place de chef à une tricherie. Je préfère ne pas revenir… disparaître à jamais.

— Tu ne parles pas sérieusement ?

— Si. Adieu, Petitcheval. Je te souhaite bonne chance pour tuer l'animal qui te permettra de garder ta dignité, moi je vais m'enfoncer dans la forêt et…

— Oursdodu ! viens par ici, il y a du miel et le miel donne force et courage ! s'écrie Maoula cachée derrière le tronc du plus grand pin.

— Maoula ! t'as pas le droit d'être avec nous ! s'étonne Petitcheval.

— Chut ! Inutile d'ameuter tout le monde ! Je voulais, comme toi, aider Oursdodu.

— Il refuse. Alors je m'en vais avant que les autres aient abattu toutes les bêtes aux alentours. Tu devrais partir toi aussi. Si quelqu'un te surprenait, la punition serait terrible.

Dès que le jeune garçon s'est éloigné, Maoula interroge Oursdodu :

— Pourquoi n'as-tu pas accepté la proposition de Petitcheval ?

— Ne pas être chasseur n'est déjà pas glorieux, mais tricher c'est vraiment honteux, et même si je ne sais pas tuer, je sais dessiner et j'en suis fier. Si j'accepte de tricher, je perds aussi cette fierté-là. Alors je vais fuir vers le sud pour ne pas faire honte à mon père.

— Mais que deviendras-tu, tout seul ?

— Je peindrai. Je mangerai des racines, des graines, des fruits. Les rennes se nourrissent bien ainsi.

— Je viens avec toi !

— Tu… tu quitterais tout pour me suivre ?

— Oui. C'est toi que j'aime et si tu n'es plus au campement, la vie n'a plus aucun intérêt.

Pendant qu'ils bavardaient, un ours alléché par l'odeur du miel s'est approché. Soudain, il est derrière Maoula.

— Un ours ! Un ours ! hurle Oursdodu, fuyons !

Il commence à courir, mais l'ours a posé son énorme patte sur la tête de la fillette.

— Au secours !

Oursdodu se retourne et revient sur ses pas. Il lève sa sagaie, siffle et crie pour effrayer l'animal.

— Vite ! Tue-le ! supplie Maoula. Sinon… il me tue !

Oursdodu a les jambes qui flageolent, la gorge sèche et le cœur qui bat comme celui d'un cheval au galop. La peur le paralyse une fraction de seconde, puis tout à coup son corps, son cœur et sa tête se calment. Il n'a pas le choix. La vie de Maoula dépend de lui. D'un coup de patte, l'ours a renversé la fillette pour accéder au tronc creux plein de miel. Il va la piétiner. Oursdodu place sa sagaie dans son propulseur. Il serre le poing. Une violente détente expulse la sagaie qui vient se ficher dans la gorge puissante. L'ours pousse un grognement et fonce sur Oursdodu.

— Attention ! crie Maoula encore étourdie.

Oursdodu s'est accroupi. Il attend le choc. Le couteau dardé au-dessus de sa tête, il le plante une première fois dans la fourrure épaisse, l'ours lui griffe le visage, tournoie sur lui-même. Agile, Oursdodu en profite pour s'agripper à une branche de pin qui l'élève dans les airs puis le projette dans le dos de l'animal qu'il larde de coups de couteau.

— Vas-y ! Vas-y ! l'encourage Maoula.

Oursdodu lutte longtemps. Une main crispée dans la fourrure de l'ours, ses genoux lui enserrant le cou, il frappe de l'autre main armée du couteau aussi fort qu'il le peut en poussant des cris rauques…

L'ours griffe l'air de ses pattes, la gueule béante, il gronde et se secoue pour se défaire de l'enfant accroché à lui. Mais Oursdodu ne lâche pas prise. Maoula suit le combat l'angoisse au ventre.

L'ours et l'enfant roulent à terre. Maoula hurle. Oursdodu a bien failli être écrasé par le poids de la bête, mais il se dérobe d'un bond et lui porte le dernier coup mortel.

Le silence soudain, n'est plus troublé que par les halètements d'Oursdodu. Hébété, il contemple l'ours inanimé.

— Il est mort ! Il est mort ! clame la fillette.
— Oui, constate Oursdodu, ensanglanté.
— Tu le regrettes ?
— Il était si beau… Il défendait sa nourriture et sa vie, c'est la loi de la nature. Je déteste tuer.
— Tu as été formidable ! Sans toi…
— Je ne m'explique même pas comment j'ai agi… On aurait dit qu'une force m'habitait.
— Mais tu saignes ! Tu es blessé ?
— Ce n'est rien. Il m'a griffé. Ma mère connaît les plantes qui cicatrisent. Viens, rentrons, je suis épuisé.
— Il faut le ramener. Il faut montrer à tous que tu es le plus valeureux des chasseurs. Ah ! je ris déjà en pensant à la mine déconfite de Grospoilu et Fierabras !
— Je ne suis pas un vrai chasseur, je l'ai tué par hasard, parce qu'il allait te faire du mal.
— Tu as risqué ta vie pour moi et tu ne serais pas un vrai chasseur ? Mais tu dis n'importe quoi ! s'emporte la fillette. Ton père sera fier de toi. Moi, en tout cas je suis rudement fière d'être ton amie.

Chapitre 8

Ne pouvant ramener la dépouille de l'animal, Oursdodu lui tranche la tête, la pique au bout de sa sagaie et prend la direction du village. Maoula l'a précédé et s'est adroitement mêlée à la foule qui accueille les novices avec des acclamations de joie et des félicitations.

Grospoilu a abattu une antilope avec l'aide de Cascou qui lui a servi de rabatteur. Il en avait le droit, mais son mérite est moins grand. Asdetrèfle a tué deux lièvres, mais il affirme avoir blessé un mammouth. Petitcheval n'est pas encore de retour. Fierabras a tué un renne de belle taille et pérore devant tout le monde :

— Il ne peut y avoir aucune contestation ! J'ai tué la plus grosse bête. À ma majorité, je deviendrai chef !

— Hé ! Ne sois pas si pressé, lance Maoula.

— Qui pourrait me battre ? Oursdodu ? Ha, ha, ha ! rien à craindre de ce rêveur ! se moque Fierabras.

La nuit tombe et Oursdodu ne revient pas. Maoula s'inquiète. Aurait-il changé d'avis, serait-il parti pour pouvoir peindre à son aise ?

Oursnoir est catastrophé. Dans quelques minutes, il proclamera Fierabras vainqueur de la compétition. Oursdodu, trop honteux, ne reparaîtra jamais au village. Peut-être a-t-il été trop dur avec lui ? Et même si peindre ne sert à rien, même si l'art est inutile et éphémère, il aurait dû se montrer plus conciliant.

Oursdodu ne s'est pas enfui. Il est allé voir Piquasso pour lui poser les questions qui le tourmentent :

— Piquasso, l'ours, c'était toi ?

— Pas vraiment… Ce sont les esprits qui…

— Ainsi, tu as voulu… te débarrasser de moi ? murmure Oursdodu.

— Me débarrasser de toi ? Comment as-tu pu imaginer une horreur pareille ?

— Exactement ! s'emporte Oursdodu, comme tu l'as fait pour Petitcrapaud !

— Il est vrai que j'ai vu, en songe, la charge des rhinocéros qui a tué Petitcrapaud. Je l'ai peinte sur la paroi pour demander aux esprits d'intervenir. Ils ont refusé. J'ignore pourquoi. Pour toi, j'ai agi de même, mais les esprits m'ont écouté et ils t'ont sauvé. Cet ours s'est sacrifié pour que tu connaisses enfin la paix et la fierté. Tu devras toujours l'honorer.

Quelques minutes plus tard, Oursdodu arrive en vue du village. Des hommes qui faisaient le guet l'annoncent :

— Oursdodu est de retour !

— Il a le courage de revenir !

— Regardez ! Quelque chose est planté sur sa sagaie !

— Un hérisson ou un écureuil !

— C'est pas avec ça qu'il deviendra chef ! ricane Grospoilu.

— De toute façon, le chef, c'est moi ! Aucun de nous n'a tué un animal plus gros que mon renne ! affirme Fierabras.

Oursdodu est maintenant au centre de la place. Tout le monde l'entoure :

— Mais… on dirait… une tête d'ours !

— Non, non, impensable !

— Si, si, c'est bien une tête d'ours ! Il devait être énorme…

— Oursdodu est blessé ! Il a du sang partout !

Les anciens et son père se sont approchés. Oursdodu, sans un mot, leur tend son trophée.

— C'est la tête d'un ours adulte qui pesait au moins cinq hommes ! annonce Oursnoir.

— Personne n'avait jamais osé s'attaquer à un ours… jusqu'à toi, Oursdodu, ajoute un ancien.

— À partir d'aujourd'hui, nous te devons le respect. Tu seras dans quelques années notre nouveau chef ! dit le patriarche de la tribu en s'inclinant devant Oursdodu.

— C'est pas lui qui l'a tué ! C'est pas lui qui l'a tué ! hurle Fierabras. Oursdodu déteste la chasse ! Il a horreur de tuer les animaux ! Tout le monde le sait !

— Fierabras a raison, dit Cascou.

— Oursdodu, est-ce toi qui as tué cet ours ? questionne son père.

— Bien sûr, c'est moi.

— Alors, pourquoi refuses-tu de venir à la chasse ?

— C'est pas pareil... L'ours attaquait Ma... Il s'arrête net. S'il avoue que Maoula était avec lui, elle sera punie. Heu... L'ours m'attaquait, je me suis défendu et c'est moi qui ai gagné.
— Peuh... facile comme explication ! Il était sûrement déjà mort et tu n'as eu qu'à lui trancher la tête ! s'énerve Fierabras.
— Et les griffures sur son visage ! Et les morsures sur ses bras ! s'emporte soudain Maoula en sortant de la foule.

Le patriarche examine le visage et les bras d'Oursdodu :
— Maoula a raison, ces marques sont bien celles d'un ours. Il faut d'ailleurs les soigner sans tarder, sinon...

Terrassé par la fatigue, la peur et le sang qu'il a perdu, Oursdodu s'évanouit.

Chapitre 9

Lorsque Oursdodu se réveille, ses parents sont penchés sur lui. Son corps est recouvert d'herbes et de boue destinées à soigner ses blessures. Du dehors lui parvient un vague brouhaha : les conversations de la foule massée autour de la hutte.

Son père lui sourit et s'exclame en le serrant dans ses bras :

— Ah ! mon fils ! Quelle joie tu me causes ! C'est le plus beau jour de ma vie !

— Est-ce que Petitcheval est de retour ? s'inquiète Oursdodu.

— Non. Il n'a pas eu ta vaillance, il devait être bredouille et n'a pas dû oser rentrer au village.

— Il faut le retrouver !

— Il a préféré la solitude à la honte qu'il aurait infligée à sa famille. C'est mieux pour tout le monde.

— Non ! Petitcheval est mon ami. Il a voulu m'aider, nous avons parlé et c'est ce qui l'a retardé. S'il n'a pas réussi à abattre une proie, c'est ma faute ! s'écrie Oursdodu très agité. Tant qu'on ne l'aura pas retrouvé, je refuse de participer aux cérémonies d'initiation !

— Nous ne pouvons rien pour lui. Il a choisi. Dès que tu seras rétabli, nous organiserons la grande cérémonie d'initiation. Mais tu connais la coutume. Tu es le vainqueur. Le chef de tribu doit exaucer l'un de tes vœux. Et comme le chef, c'est moi… Essaie tout de même de ne pas me demander la lumière du jour en pleine nuit, le feu à volonté ou l'eau courante en hiver, toutes ces choses incroyables qui sont les plaisanteries habituelles des novices et que personne n'obtiendra jamais, termine-t-il en riant.

— Eh bien… c'est-à-dire que…

— Ne sois pas timide, puisque ton père te le propose, l'encourage sa mère qui ajoute : Avec la peau de l'ours… je peux te confectionner un magnifique manteau.

— Pour Maoula ! s'exclame Oursdodu.
— Pour Maoula, si cela te fait plaisir.
— Elle l'a bien mérité. Sans elle je… enfin… elle m'a soutenu moralement et… Petitcheval aussi. J'espère qu'il va revenir, sinon, je n'aurai pas le cœur à me réjouir.
— Maoula sera une excellente compagne pour un jeune chasseur courageux, mais puisque le manteau n'est pas pour toi, quel est ton souhait ? insiste Oursnoir.
— Tu ne seras pas d'accord…
— Puisque je te le promets.
— Je voudrais devenir peintre… comme Piquasso.

Le visage d'Oursnoir s'assombrit et sa voix est cassante lorsqu'il lâche :
— Pas question !
— Pourquoi ? J'ai prouvé mon courage et tu dois exaucer mon vœu le plus cher, c'est la tradition…
— Moi, lorsque j'ai tué mon premier renne, j'ai souhaité un javelot avec un manche sculpté taillé dans les bois du renne… et mon père était si fier qu'il m'en a fait sculpter deux !

— Tu n'es pas fier de moi ?
— Si. Je suis même le plus fier et le plus heureux des pères de la tribu. Mais si tu veux devenir peintre, alors la honte l'emporte sur la fierté. Peindre est une activité de fainéant, et cela ne permet pas de nourrir sa famille. Jamais un peintre n'entrera dans la postérité, alors qu'on parlera toujours d'un valeureux chasseur. Comprends-tu ?
— Peut-être aussi que dans cent hivers ou même plus, on pourra encore admirer les merveilles peintes sur les parois de la grotte de la Combe d'Arc, alors que la mémoire aura oublié les exploits du plus grand des chasseurs.
— Ha ! Ha ! Dans cent hivers, il y a longtemps que les peintures se seront effacées alors que la chasse assurera toujours la survie de l'homme.

Oursdodu se renfrogne. Décidément, son père et lui ne sont jamais du même avis. Il essaie une nouvelle piste :
— De toute façon, c'est grâce à Piquasso si je suis vainqueur. Il a deviné que j'allais affronter un ours, il en a peint un sur la paroi pour que les esprits veillent sur

moi et les esprits m'ont protégé et m'ont donné de la force. C'est grâce à Piquasso si je suis encore en vie.

— Pourtant, ce Piquasso...

— C'est un artiste et comme tous les artistes, il est en relation avec les esprits... Les esprits lui obéissent.

— Je vais réfléchir à ton souhait. Je ne dis pas oui, mais je ne dis pas non... Je crois que j'ai une idée.

Chapitre 10

Oursdodu est rétabli le jour du changement de lune et la grande cérémonie d'initiation s'organise. Son père arbore un air mystérieux et satisfait qui l'intrigue. Il craint que son cadeau ne se limite à un couteau taillé dont il ne se servira jamais. Il a tué un ours mais compte bien s'arrêter là.

Le plus étrange, c'est que Oursnoir a visité plusieurs fois la grotte de la Combe d'Arc et que Piquasso a été convié à partager le repas familial trois soirs de suite. Mais ni Piquasso, ni sa mère, ni son père ne veulent répondre à ses questions. Malgré toutes les recherches, Petitcheval reste introuvable et penser que son ami a peut-être subi le sort qui lui était destiné gâche sa joie.

Petitcheval va périr de froid et de faim lorsque l'hiver gèlera la steppe, et il se sent responsable.

Enfin, le jour de la cérémonie arrive.

Oursdodu a essayé d'en différer la date en espérant le retour de son ami, mais tout est prêt, impossible d'attendre plus longtemps.

Il revêt sa plus belle tunique de peau, passe à son cou le collier offert par Maoula et se dirige avec sa famille sur la place du village où toute la tribu est rassemblée.

Oursnoir monte sur une grosse pierre afin d'être vu de toute l'assistance et commence un discours :

— Chers amis. Cette année encore, nos jeunes chasseurs ont fait la preuve de leur talent. Je félicite donc Grospoilu et Cascou, Asdetrèfle et Fierabras à qui je remets un couteau qui sera le symbole de leur entrée dans le monde des adultes. Ayons une pensée pour Petitcheval qui a préféré l'exil à la honte et qui garde ainsi notre estime.

Des applaudissements éclatent et les quatre garçons reçoivent leur présent avec une certaine émotion. Seul Fierabras bougonne quelques méchancetés, mais personne n'y prête attention. Oursnoir reprend son discours :

— Mais celui qui a le plus grand mérite, c'est incontestablement Oursdodu, car il est le seul à avoir tué un ours. De ce fait, il sera, dans quelques années, votre chef !

La foule hurle sa joie. D'un geste de la main, Oursnoir invite son fils à venir le rejoindre. Oursdodu s'avance, un peu gauche, et face à la foule sourit timidement.

— Que chacun lui remette un présent en gage de respect et de fidélité.

Un par un, les habitants du village s'approchent et déposent aux pieds d'Oursdodu une sagaie, un couteau, un collier en os, une veste de fourrure, une outre, un javelot en os, un propulseur gravé, une ceinture de peau… Tous ces présents lui font plaisir, mais il manque celui de Petitcheval et celui de son père qu'il attend avec impatience. Soudain, une voix retentit :

— Oursdodu, j'ai un présent pour toi !

— Petitcheval ! s'exclame Oursdodu en se précipitant au-devant de son ami… il est méconnaissable : il boite, ses vêtements sont en lambeaux, mais il porte sur le dos le cadavre d'une antilope qu'il laisse tomber devant Oursdodu. Que t'est-il arrivé ?

— Je ne trouvais pas de gibier. Je suis allé loin. Vers le sud. Je ne voulais pas rentrer les mains vides. Dans une plaine verdoyante j'ai tué cette antilope, puis je me suis perdu. J'ai marché des jours entiers et me voilà !
— Petitcheval ! Je suis si heureux !
— Ne me dis pas que c'est toi qui as tué la plus grosse bête ? interroge Petitcheval.
— Si, c'est moi ! affirme en riant Oursdodu.

Les parents de Petitcheval l'entourent pour le féliciter et le réconforter. Pendant ce temps, un ancien prend la parole :
— Cet ours, animal féroce et légendaire, sera désormais l'emblème de notre tribu. Nous lui vouerons un culte afin que toujours les hommes aient le courage et la volonté d'affronter les pires épreuves. Aujourd'hui, Oursdodu aura l'immense privilège de déposer la tête de l'ours sur l'autel préparé dans la grotte de la Combe d'Arc.

Oursdodu rougit de tant d'honneurs. Pourtant, il échangerait bien toute la cérémonie contre une seule promesse : celle de pouvoir peindre à sa guise. Il pousse un soupir résigné.

Asdetrèfle et Cascou le portent sur leurs épaules, Oursnoir tient la précieuse tête d'ours et tout le monde se met en marche vers la grotte de la Combe d'Arc.

Devant la grotte, Piquasso les attend et les accueille :
— Bienvenus dans le temple de l'ours.
— À toi l'honneur de pénétrer le premier avec la tête de l'ours et de la déposer sur l'autel, dit Oursnoir à son fils.

Oursdodu saisit le trophée d'une main qui tremble un peu. Il entre dans la grotte suivi des anciens, de son

père et de Piquasso. Les femmes et les jeunes enfants ne sont pas admis dans le temple de la force. Il dépose la tête d'ours sur l'énorme pierre plate, recule de quelques pas et très ému, murmure :
— Merci, ours, d'avoir prouvé ma vaillance aux yeux de tous, je ne t'oublierai pas et jure de te vénérer toute ma vie.
— Bien parlé, mon fils, dit Oursnoir en posant une main sur l'épaule de Oursdodu.

Toujours pas de cadeau. Et si finalement son père considérait l'honneur qui lui est fait comme le plus beau des cadeaux ?

Oursdodu se moque bien des honneurs ! Ce qu'il veut, c'est peindre !
— Le conseil des anciens s'est réuni et puisque tu as prouvé ta vaillance, nous avons décidé, comme le veut la coutume, de te récompenser en exauçant ton vœu le plus cher...

Oursdodu a le cœur qui s'emballe. Il n'ose pas lever les yeux vers son père qui continue :
— Tu pourras apprendre la peinture avec Piquasso et, plus tard, tu deviendras le peintre et le gardien du

temple de l'ours et, à ce titre, tu seras logé et nourri par l'ensemble de la tribu.

— Hourra ! s'écrie Oursdodu qui bouscule les anciens, son père et Piquasso qui sourient avec indulgence pour se précipiter dehors et annoncer à Maoula :

— Ça y est, je serai peintre ! Peintre comme Piquasso !